AF609779

Siempre verte a ti, pero tú nunca verme a mí

MARIA XIMENA DEDIEGO PERLAZA

Diseño de portada: Departamento Creativo Bauhaus.

Lulú

Address: 627 Davis Drive, Suite 300, NC 27560 Morrisville, United States

Morrisville (Carolina del Norte)

Impresión y encuadernación: LULU

Impreso en Estados Unidos-Printed in USA

Houston, 2019

DEDICATORIA

Donación Dejan Kastelic que será un sueño verlo llegar a algún día a mi fantástica vida.

Marsella, 2 de Enero 2021

La mayor alegría de una mujer es tener en su vida a un ser maravilloso y es un bebe fruto de un verdadero amor.

Una taza de chocolate, una novela de amor, y un saco perdido

"Amarte como un hombre ama a una mujer que no toca, solo escribirle y guarda pequeñas fotografías de ella"-Charles Bukowski. Yo mirar por varios minutos esa frase en ese hermoso libro mientras mis dedos sumergirse por esas páginas. En algún momento de mi vida cavile de manera profunda acerca de mis relaciones amorosas, mi existencia era extremadamente alocada, como una montaña rusa y habían magníficos recuerdos. Creí haberme enamorado de un ser maravilloso, pero ahora poseo una frase de uno de los mejores escritores de todo el planeta tierra bajo mi regazo, notar que jamás había sentido algo similar por ninguna persona. Narrarlo como algo que, detalla la sonrisa de un individuo celestial volverte completamente loco, hasta el punto de asemejarlo con un choque de avión en el firmamento, quebrantas otras vidas para divagar en una risa, era algo concluyentemente no había experimentado. No considerarme una romántica implacable, a pesar de que llevo más de cinco años viviendo en la hermosa ciudad de la moda y la comida, Marsella, qué sarcasmo. Pero no preocuparme por nada, después de esto mis compañeras de universidad casarse, yo emprendí mi viaje por el universo y hacer algo extraordinario con mi vida, escribir novelas. Trabajaba todos los días como editora, ama de casa y además de ello criticaba los libros de mis colegas, y hoy en mi camino cruzarme con un gran tesoro de Charles Bukoswki. Todo el amor que requería en mi existencia lo poseía en mis bellas palabras codificadas en mis novelas y en un grande perro que esperarme todos los días en la puerta de mi casa. "Su factura por favor bella princesa...", venía casi todos los días a este Bar café, pero para el mesero era muy arduo pronunciar mi nombre. "Mackenzie", indicarle sonriendo mientras mi libro cerrar sus páginas para tomar en mis manos la cuenta y pagarle dejando una propina. Era un hombre joven casi siempre percibirse un poco nervioso al estar en contacto conmigo, pero algunas veces su mirada era demasiado penetrante que llegaba hasta los rincones más ocultos de mi interior. Durante algunos años esperaba hallar un amor, pero por alguna razón deje de aferrarme a la idea. Sentirme saciada por la representación del amor, pero apreciaba que no era la imagen conveniente, la impregnación del amor en Hollywood era algo con lo que hostigaban a mi generación desde que germinábamos y sabía ese no era el amor verdadero, el ideal que hallabas una vez en la existencia, no era eso. Sabía esto porque crecí en un ambiente en que mis padres amarse demasiado, de hecho esa encantadora frase del amor es maravillosa para ellos, pero no interesaba qué pretendiera concebir o con quien, en ningún tiempo llegaría verdaderamente a vislumbrar lo que sentirse eso, ya poseía 33 años y hasta ahora no haberlo hecho una sola vez. Salí de mis ideologías, termine de tomar mi chocolate caliente y tomé mi carro. Marsella en otoño era más atractiva de lo que constantemente es, y al análogo ese amor maniático, era algo que ninguno lograba alcanzar hasta haberlo vivido en alma. Gustarme demasiado sentir por mis venas la brisa del céfiro en mi cara mientras paseo en mi carro por la ciudad, era la temperatura perfecta, ni muy frío ni muy caliente, y podía olfatear el río en Marsella mientras atravesaba el puente en Marsella.

Después de haber concluido con algunos de mis manuscritos pendientes como escritor, el cielo ya tornarse oscuro. La noche era muy fría con algunos luceros, por lo que prepararme una taza de té hierbabuena caliente y sentarme en mi sillón victoriano a contemplar el bello paisaje desde la ventana de mi casa, con una manta, mi perro, abrigada a un costado cerca de mis pies. Su nombre era espectacular para muchas personas, pero era una raza común grande, blanca y extremadamente juguetón, y acordarse de un héroe de una de mis películas favoritas. El cielo tenía algunas nubes durante la noche, y podía observar la luna llena generosa sobre sitio romántico en Marsella. Gustarme cavilar durante esas noches de ensueño era una señal de cambio en mi existencia, eternamente había percibido un vínculo enigmático hacia la luna, y concebía esta noche expresarme que estaba por existir un nuevo comienzo.

Despertarme con el sonido fuerte de un toque en mi puerta. En la noche anterior tuve insomnio aquel firmamento estrellado con esa bella luna, aún continuaba en mi lecho. En mi casa no vivía más que mi hermana Mila quien estudiaba en nombre de la universidad en Marsella Licenciatura en idiomas, mi vecino Max era un hombre guapo de cuarenta y siete años, algunos turistas o estudiantes provenientes de los

Estados Unidos que venían a Marsella por un periodo de cuatro meses, en mi opinión pensaba que ellos buscaban alguna chispa en su vida ya que en sus países no tenerlo. Entonces cavile a mí misma si por alguna razón yo había estado en la misma situación, pero esa idea disiparse como humo en mi cerebro. Estaba en ropa muy sensual, pero no importarme nada y corrí rápidamente a abrir la puerta, esperando ver a un joven que indagarme por direcciones o a Max pidiendo el periódico o llevándome algunos aperitivos, eternamente acabársele. "Max tiene demasiado dinero que..." Al instante notar quien estaba parado frente a mi cuando abrí la puerta quedarme sin pronunciar ninguna palabra. No era nadie de las personas que esperaba o conocía, cara a cara no estaba un niño, sino un hombre apuesto y extraordinario con una cara impactante. Sus ojos eran verdes y su cabello rubio, su cara era como un ángel sin ninguna espinilla, llevaba puesto un saco, una novela en su mano. Pero lo que más dejarme sin aliento fue su mirada, sus ojos desnudarme, no era un actor de Hollywood, no era una película romántica, sencillamente pulcro y natural, moldeado por historias que agonizaba por saber. "Hola, soy Adam, haber estado viviendo a tres casas de aquí por un tiempo, y ayer cuando regresaba de trabajar en una tienda de partes para vehículos observe que esto caérsete. Retorné a echar un vistazo y saco de su maletín un saco, sin dudarlo era mío, habérmelo removido en el Bar y olvide guardarlo en mi bolso, por lo que el aire debió haberlo mojado y quedarse en el suelo cuando venía en mi carro. Resurgiendo de mi fascinación confesé, "Buen día, soy Mackenzie. Esto pertenece a mí, muchas gracias por traerlo", expresarle sonriente, tome el saco pero Adam quedarse unos instantes en mi puerta, parecía que ambicionaba expresar algo pero no sabía que. "¿Vivirás cerca de aquí de ahora o es solo temporal?", investigarle, dibujo una sonrisa en su rostro y confeso. "Haber vivido aquí por más de cinco semanas, pero mañana en la mañana tomaré un avión de vuelta a Polonia." Por alguna razón cuando indicó eso, estar al tanto que marcharse pronto de Italia, esto entristecerme demasiado, deseaba saber más de él, solo había compartido unos segundos de mi vida, pero mi corazón apreciaba él era alguien muy valioso para mí, en unos minutos." ¿Cómo es que jamás haberte visto antes?", indagarle. "Tú no a mí, pero yo a ti verte todos los días", responderme observándome fijamente a mis ojos cafés. "¿A qué referirte?" "Verte el primer día que llegué aquí desde Polonia, a través de la ventana de mi cuarto en el segundo piso", mi ventana daba a la calle, "estabas examinando un libro de un escritor, con tu perro descansando debajo de tu silla." Reírme fuertemente a esta representación bastante minuciosa. "Conmemoras mucho los datos para ser un joven", y el sonrojarse decirme. "Soy el único en mi joven apuesto en mi salón", mi corazón latía a mil revoluciones y totalmente no hacía esto, pero por alguna motivo apreciarse muy bien cuando preguntarle. "¿Desearías ir a cenar conmigo durante la noche? Puedo darte tu último tour por Marsella.", estar a la mira a un lado cavilando en lo que debía confesar y posteriormente expuso. "Aborrezco sea el último día, pero desearía que sea contigo", y ahí estaba otra vez, esos ojos brillantes por los cuales yo moría.

"Es prodigioso en todo el tiempo que estuve aquí no haber hallado este restaurante", expresarme Adam, mientras esperábamos sentados en una de las pequeñas mesas de aquel sitio que trajeran nuestras cenas. "Es una zona especial sólo un conjunto escogido de individuos estar al tanto", confesarle ironizando. Adam observarme sonriendo, no parecía prestar atención, sino sólo examinarme, como si no lograra conceptuar lo que estaba viviendo. "¿Acontece algo?", curiosearle. "No, pasa nada, sólo percibo que debí haberte conversado hace mucho rato atrás, pero en ningún tiempo decidirme a hacerlo". "¿Y por qué crees que no hacerlo antes?" "Para serte sincero, no saberlo, persistentemente sentías ya poseer todo lo que requerías. En tus novelas y tu pequeño perro." Lo que dijo dejarme cavilando demasiado, y estar al tanto que confesarle, pero no podía explicárselo ahora, por suerte nuestra comida llego justo en ese instante. "Bueno en aquel momento, indicabas mañana retornas a Polonia", observé ese no era el cambio de diálogo que Adam anhelaba, pero dispuso dejarlo pasar. "Sí, nací y crecí ahí, en ciudad de Polonia, y todavía permanezco viviendo en esa ciudad, mi familia tienen negocios de autopartes de vehículos. "Polonia persistentemente haberme parecido un país seductor, así confesarle. "Debe ser divino", Adam miró a un lado por un instante, y determinarme la luz de la tarde hacía que sus ojos notarse de un color más claro, algo azul, y sólo podía especular en malgastarme en ellos. "Lo es", manifestarme finalmente, "pero de ningún modo había salido de ahí, bueno conozco otras ciudades de Polonia, pero conozco otros países como Dinamarca, China y Japón, no conocía el mundo entero, y quería concebir algo más. Creo existir, sí sólo coexistir, porque consideraba no lo estaba haciendo. De algún modo, llenar un vacío, una esperanza magna de aventura." Pude advertir que haberse puesto a cavilar un poco en voz alta porque callarse de repente, pero todo lo que había expresado parecerme sorprendente, hacía que mi corazón reventara y quisiera saber todo de él. "Así, ¿persigues aventuras?", confesarle echando un vistazo a la copa de vino en mis manos y luego a él, directamente a sus ojos, "ven conmigo a este viaje y vivirás la aventura más enorme que hayas tenido." Unirme y ampliarle mi mano para tomarla, Adam sólo observarme con esa atractiva y gran sonrisa en su semblante, tomó mi mano e indicarme.

"No pienso que podría vivirla con otra persona solo a tu lado."

Era un con poco sol, con el firmamento nublado, como había sido la noche anterior. Así resolví llevar a Adam a uno de mis lugares preferidos. Estaba indudable ya habría distinguido casi todas las zonas que un viajero en Italia debe conocer, pero de todos ellos, éste era mi privilegiado y gustarme venir aquí continuamente, porque había un sitio que, al menos eso deseaba creer, sólo yo conocía aquí en los Parque en Marsella.

Adam y yo estábamos marchando hacia la gran cascada en el centro cuando concluí expresarle. "Hace unos minutos atrás, cuando aludiste que sólo deseabas existir, yo también haber sentido así muchas veces. Bueno, lo hacía antes, cuando trasladarme a Marsella el sentimiento irse durante un tiempo, pero algunas veces vuelve, es como si faltarme hallar el fragmento a un rompecabezas." "¿Y por qué continúas viviendo aquí entonces?", su interrogación trastornarme un poco.

"¿Qué quieres expresar?" "Si todavía no aprecias que hayas hallado lo que hacerte falta para concebirte viva, tal vez debas indagarlo en otra zona." "¿Y por qué tu retornaras a Polonia en aquel momento?" "Buen punto, atraparme con eso. Tienes una contestación sutil para todo", sonreí y responderle. "Créeme, no podrías conmigo." En ese instante unos chicos transitaron en bicicleta junto a nosotros a una rapidez muy rápida, originando que tropezarme, pero Adam reaccionó fulminante y cogerme en sus brazos antes de que caiga. Pude concebir era muy dinámico, y tener sus brazos a mí alrededor hacían que anhelara no soltarme jamás, cuando unirme prolongaba abrazándome mientras observarnos firmemente a los ojos. Principió a acercarse, pero detenerlo. "No, aquí, hay un sitio muy especial que deseo mostrarte", miró al suelo aun abrazándome, pero luego sonrió e indicarme. "Debo esperar aún más por ti entonces." "Sólo un poco", responderle besando su nariz, "vamos sígueme." Perpetuamos caminando por aquellos hermosos jardines llenos de rosas y girasoles hacia un sitio secreto, el jardín al que eternamente había ido sola porque no creía que ninguno más merecerse verlo, nadie verlo de la misma manera que yo, pero sentía que Adam sí. "No había oído tu nombre hasta hoy en la mañana en mi puerta. ¿Qué significa?" "No sorprenderme, no es un nombre muy frecuente, de hecho es de origen de Adam país, nombrarme así por mi abuelo paterno. Mi padre quererlo demasiado y falleció antes de que yo cumpliera los veinte años, este saco que llevo pertenecerle a él, y mi padre obsequiármelo el día en que viaje a Marsella para vivir aquí." Removerme el saco y mostrárselo era muy fino de Armani, tenía una pequeña etiqueta con mi nombre de color dorado y decirle. "Saber que este saco significa mucho para mi padre, no haber dejado de usarlo ni por un sólo día desde que llegué a

Marsella. "Detenernos mientras Adam miraba el saco respondiéndome. "Es una historia esplendida, tu padre debe ser muy importante para ti." "Sí, ambos de hecho, mi padre y mi madre, son lo que más extraño de Berlín, y siento hoy en día muchos derrochan o apartarse de sus familias, y yo no quiero hacerlo, son parte de mí", y continuamos recorriendo. "Entenderte, en Polonia las familias son muy pequeñas, pero en mi caso sólo fuimos mi padre, mi hermano y yo eternamente. Mi madre enfermó delicadamente después de tener a mi hermano con una pulmonía y falleció, y nuestra estirpe es pequeña, pero siempre haber sentido la placidez de nuestro padre depende sólo de nosotros dos, por eso también varias veces desee comenzar este viaje pero no haberlo hecho hasta ahora." Adam no dejaba de atraparme. Cavilando en lo que terminaba de indicarme, notarme haberlo juzgado sin conocerlo bastante bien, parecía el joven poseía todo determinado en la existencia, y había venido de vacaciones a Marsella como si fuera cualquier otro viaje que hiciera. Pero ahora darme cuenta que para él significaba más, era como si fuera la primera vez que estuviera creando su propia novela. "Siento mucho lo de tu madre Adam. No tenía idea." "No preocuparte, y gratitud. Es sencillo conversar contigo, aunque sean cosas desconsoladas, al hacerlo sentirme tranquila, llenarme de felicidad. No posees un nombre común porque un alma como tú no merecerse un nombre común Mackenzie, es maravilloso y único, y tú también." Y de pronto acercárseme hacia él con uno de sus brazos mientras acondicionaba un mechón de mi cabello detrás de mi cabeza. Todo esto era ilógico, e incoherente, apenas llevaba conociendo a este joven medio día pero era como si todo mi cosmos hubiera estado dando retrocedidas desde aquel momento. Además, mañana ya no estaría en ese país, debía tomar la decisión más legítima, la que no causarme daño, pero no deseaba hacerlo, quería tomar la medida que llevarme a amar, a amarlo y a poseerlo y a apreciar por al menos durante este corto tiempo, él sería sólo mío. En aquel momento no alejarlo, dejarme llevar en sus brazos, en su mirada, en su perfume, y en esa atractiva sonrisa que sus labios trazaban, con ese corazón que dejarme sin aliento, mirarla como jamás antes había vislumbrado algo en mi existencia, y de repente estábamos besándonos. Era un abrazo fuerte y vehemente, y un beso como en ningún tiempo haberlo recibido de otra persona, sabía a sandia y era como un frenesí, una colonia que chiflarme y sólo hacerme desear más de él. Sostenerme más enérgico por la cintura y yo envolví mis brazos detrás de su cuello, éramos uno sólo y jamás deseaba dejarlo ir de mi lado. "Derrochamos bastante tiempo", decirme cuando últimamente separamos. "Saberlo, haberme gustado que hablarme antes. Ni siquiera sabía que vivías en mí mismo barrio hasta el día de hoy."

"Cómo decirte, parecías ya poseer todo lo que precisabas del mundo." Quedarme cavilando en lo que indicarme y giré a observar a un lado. "Ya llegamos, ven, siéntate a mi lado en mis piernas." Habíamos llegado a mi oasis "secreto", de seguro muchos otros italianos conocerlo, pero como era una zona de los Jardines de Marsella Parc Borely un poco difícil de hallar, casi jamás había ninguno aquí, y por eso gustarme creer que era íntimo, y de hecho, justo ahora Adam y yo hallarnos totalmente solos. Mientras sentarse en mis piernas en la banca observarlo, prestar atención como el céfiro hacía que agitarse su pelo, como los colores claros de su ropa hacían que sus atributos y ojos azules distinguirse más, como el sol establecía sombras en su fisonomía que perfeccionarlo, como no removerme los ojos de encima mientras moverse. Eran pasiones demasiado afanosas, efectos que jamás había poseído antes, pues sólo observándome, sólo con sonreírme hacía fundirme por dentro. "Siempre haber sido una alma que haber estado perfecta. Hice lo que debía, graduarme del colegio, entré a la universidad, conseguí mi título profesional, hice grandes camaradas en el camino y constantemente haber poseído una relación humana con mis padres. Pero sólo era eso, sólo era bien, y yo no codiciaba consentirme con estar bien, por eso vine a Marsella, haber estado viviendo algunos años aquí, y parecía "apropiado" era todo lo que persistentemente iba a poseer, pero no, hoy darme cuenta no es así", no sabía si alargar con lo que estaba expresándole, qué podría creer Adam si a penas conocernos, pero en aquel momento tomó mi mandíbula con una de sus manos y hacerme mirarlo, pues hasta ahora todo lo que había expresado haberlo hecho mirándolo a la cara. "Por favor, no pares, parece que anhelas expresar algo muy importante", dio un suspiro y siguió, lo que sentía ahora era bastante fuerte que no desea dejar que declinara, no aspiraba ser el calco de una joven actual con desconfianza a la responsabilidad sólo porque jamás haberlo sentido. "No es así, porque no estaba bien sólo estar "conforme", siempre hubo algo que no poseía, no tenerte a ti Adam". Detenernos a mirarnos en mutismo por un instante después acabara de departir, hasta que Adam dijo. "Bien, yo nunca sentirme ni siquiera así, continuaba por la vida, pero no viviéndola, porque tampoco poseerte a ti", abrazarme haciendo que colocara mi cabeza sobre sus piernas y continuó departiendo,

"Verte desde el primer día que llegué aquí, hace casi ya siete meses, y desde ese instante supe eras lo que eternamente hacerme falta. Y desde ahí observarte algunas veces, las novelas que leías, las noches que salías a restaurantes y eventos culturales, caminando de paseo con tu perra, y cada vez que verte con otro mortal, solicitaba al paraíso que no fuera tu pareja. Verte extraordinaria haciendo las cosas más sencillas, y cuando por fin asumí un pretexto para conversar, cuando perdiste tu saco, fue el instante más feliz de mi traslado, aunque haya sido muy cerca de la última etapa del mismo." Sentirme bastante tonta por haber estado demasiado cerca de Adam todo este tiempo y ni siquiera haberlo observado, supongo que haberme acostumbrado demasiado a la periodicidad de mi existencia, ya no notarme cuando algo desigual acontecía en ella. Estuve dormida todo estos meses, pero ahora estaba totalmente despierta, derrochando en esa sonrisa cada vez que observarla, en esa camino encontré mi destino, y no quería derrochar más tiempo. "Vivamos este día como si jamás fuéramos a separarnos ", decirle. Entonces retornó a sonreír y besarnos disfrutando de la perpetuidad que terminábamos de fundar.

El día que estuvimos juntos Adam y yo fue magnifico. Después de viajar todos los lugares mágicos de Marsella como dos jóvenes enamorados en la ciudad, fuimos a vivir Italia. Residimos en lugares que yo ya estaba familiarizada a ver cada día, pero con él todo era incomparable, parecía estar notando y viviendo todo por primera vez. Nombres de lugares en Marsella nombrarlos. Compramos dos pulseras y decidimos colocarlo en nuestras manos junto a una promesa de amor que eternizamos ese día. Constantemente haberme parecido encantador ir a exuberantes lugares, indagarme a mí misma cuántas promesas realizadas continuaron hasta la inmortalidad y cuántas carcomerse como muchos amores desgastados por el tiempo que verse allí. Y aunque mi novela con Adam sería muy fugaz, en ese instante logre pretender que nuestra proposición sería hasta el infinito. Después de comer el mejor postre de chocolate de mi existencia, llegó la hora de nuestro último descanso, el puente en marsella de vuelta a nuestras casas, cruzarlo todos los días, pero apreciaba que apenas hoy pude estimar lo estupendo y sublime que era. Armando y su sonrisa brillaba como un lucero inundaron mi universo de savia, y no pretendía renunciar de sentirla.

"Viajemos a Polonia juntos ", estábamos sentados frente a frente en la sala de descanso cerca de la ventana de mi casa, dialogando mientras comíamos espaguetis con salsa boloñesa, queso y trozos de carne y Adam desencajó la proposición, debo aceptar que tomarme por sorpresa. Sonreí y contestarle, "Estás excéntrico, tengo toda una existencia aquí, no sabría cómo abandonarla a la siguiente mañana." "No tienes que saberlo, no todo tiene que tener sentido Mackenzie, conocernos hoy y observa todo lo que hemos compartido, todo lo que estamos sintiendo juntos", acercarse a mí hasta estar sentado a mi lado y mirándome a los ojos indicarme, "sabes en ningún tiempo será bastante para ti si no tenernos el uno al otro en nuestras vidas. Eres el amor que perpetuamente esperé para estar feliz, para no sólo pasar por la vida en tu cobijo, sino vivirla, vivirla de verdad con hijos y en una familia." Era la joven más adecuada del universo justo ahora, entonces abrazarlo e indicarle, "Viajare con una sola condición." Adam parecía enredado mientras indagarme "¿Y cuál sería?" "Que Clare pueda venir conmigo al viaje", sonrió otra vez de esa forma que tanto conquistaba y confesarme. "No abandonarlo aquí. Mi madre y mi hermano amarlos a ambos, como yo amarte a ti demasiado", sí, era trastornado e absurdo expresar esto con tan sólo un día de conocer a un alma, pero creo cuando llega alguien afortunado a tu existencia, sinceramente saberlo. Así que mirarlo a los ojos y decirle. "Yo también quererte demasiado", en aquel momento tomé su rostro con mis manos y besarlo, terminamos haciendo el amor como si nada más interesara en ese instante, fue como un paraíso en la mañana pero aún más deseoso y ardiente, y esta vez no teníamos que detenernos, de hecho no quería frenar. Sentarme sobre él y abrazarme fuerte mientras pasaba sus manos por mi cabello y mi silueta. Todas mis emociones estaban engrandecidas, concebía sus manos viajar por mis piernas, sus labios sobre los míos y mi cuello, su olor a otoño, nuestras inhalaciones aligeradas, el recorrido de mis manos por sus músculos. Apreciaba que desearme demasiado como yo a él, y no detenernos, no pretendía dominarme porque en ese instante supe aquella persona era con la que quería compartir por el resto de mi vida.

Despertarnos al día siguiente con el canto de los pájaros.

Adam y yo habíamos dormido en mi cama y todavía seguía un poco semidormida y cansada. No quería levantarme, estaba llena de gozo, y aunque viajaría a Polonia con Adam quería esos minuto, sólo fueran de los dos, persistiera para siempre, pero tuve un presentimiento y el teléfono sonó constantemente. Era mi madre, respondí en seguida. "Hola madre, ¿está todo bien?" "Mackenzie, hija, ¿cómo estás?", sonaba intranquila. "Muy bien madre, ¿qué ocurre? Suenas muy afligido." "Mackenzie... Es... Es tu padre, tuvo un accidente en su carro", en ese instante todo principió a acontecer en cámara pausada para mí, poseía fatiga y mis huesos entumecerse, un fuerte nudo en mi pecho apoderarse de mí.

"¿A qué referirte? Continuamente llamarlos expresarme que todo estaba bien, hace una semana atrás ver fotos suyas de paseo por Argentina." "Saberlo, no queríamos inquietarte, pero tu padre está en cuidados intensivos, creímos que recuperarse muy rápido, pero lleva varios días sin mejoría y ahora estoy camino al hospital, no sabemos qué puede suceder, espero tu padre no quede invalido de por vida... Necesitarte aquí Mackenzie." Era como si todo mi universo estuviera destruyéndose en un momento, pero debía ser enérgico, así expresarle a mi madre. "Estoy en camino en el primer vuelo de hoy a Berlín. Vernos pronto madre." "Aquí esperarte mi corazón", colgué la llamada y quedarme observando por la ventana. Adam eternizaba durmiendo a mi lado, pero no podía mirarlo, hacerlo destrozarme. Estoy segura no era un tropiezo de ninguno, pero estaba irascible, rabiosa con el destino, con el cosmos, o como sea que quieran citarle, por haberme hecho sentir extraordinariamente viva al fin, pero quitármelo todo demasiado rápido. Lágrimas taciturnas principiaron a caer por mi rostro cuando Adam despertó. Notarse muy contento, hasta que darse cuenta de lo que estaba ocurriendo. "¿Qué sucede?", preguntarme mientras limpiarme las lágrimas de mi rostro con un pañuelo. "No puedo ir contigo a Polonia. Termine de hablar con mi madre indicándome que mi padre está muy enfermo, está conduciendo al hospital justo ahora y necesitan a mí en Berlín con ellos." No dije nada más y él sólo permaneció observándome sin saber que confesar, noté las confidencias impresionarlo demasiado como a mí, primero en fase de shock, helado, sin estar al tanto qué hacer, y luego finalmente responderme. "El día que vivimos ayer fue irrepetible y espléndido, no quiero acabe con una mala memoria. Quisiera viajar contigo..." "No solicitarte que hacerlo", obstaculizarle, "tienes que regresar con tu padre, tú también ya haber estado mucho años apartado de tu hogar." Acaricio mi rostro con una de sus manos y decirme. "Abre tus ojos Mackenzie", hasta ese punto desde que despertarse, había cerrado mis ojos porque no aguantaba mirarlo y cavilar en perderlo al mismo tiempo, pero abrirlos. Y ahí estaba frente a mí, con la mirada más complaciente y suave de todas, conservando la tranquilidad, siendo mi piedra cuando yo no podía ser enérgica. "Tú eres mi hogar", perpetuó, "por eso pedirte que vinieras a Polonia conmigo, porque donde estés tú está mi hogar", en aquel momento miró al suelo, colocarse más prudente y expresarme, "lo que más quiero es escoltarte a ver a tus padres en este instante bastante atormentado para ti, pero yo también hacerle una promesa a mi padre y debo cumplirla, y concibas eso sólo hacerme amarte más, y dolerme más tener que apartarnos tan pronto." Volví a girar mi rostro y a ver por la ventana, el sufrimiento era muy grandioso. Pero en aquel momento Adam continuó platicando. "Pero Mackenzie, no será un adiós, tampoco haber borrado nuestra promesa, y era para siempre, ¿quieres que siga siéndolo?" Observarlo un poco más sosegada y decirle. "No quiero que nuestro tiempo sea bastante corto, siempre serás mi hogar también", Adam tomó mi mano y responderme. "Volveremos a estar juntos, es un juramento, y haré que suceda, sea como sea."

Bañarnos juntos en la tina fue mágico, después corrí a preparar el desayuno para mi amado Adam. Al rato comencé a hacer los preparativos para viajar a Alemania. Acordamos irnos juntos al aeropuerto. Pasaron dos horas y después ambos tomamos nuestro equipaje y llamamos un taxi.

El bullicioso ruido en el Aeropuerto de Marsella nombre sacarme de mi fantasía. Después de la llamada de mi madre con esa noticia de pesadilla y la conversación con Adam, todo había pasado exageradamente rápido, era como si mi organismo haberse quedado volando en el aire durante ese tiempo pero mi sentido no, y ahora el día ya había pasado. El primer vuelo que pude hallar disponible hacia Berlín salía muy tarde, por lo que Adam sería el primero en dejarme, haberlo ayudado a empacar su ropa y ahora sólo estábamos esperando que su vuelo llegara. "Recuerda nuestra promesa Mackenzie", dijo y darme un beso largo en la boca, después no soltarme. "Jamás olvidarlo, y jamás olvidarte a ti Adam", abrazarnos y pude oír el sonido de su vuelo llegando. "Mantenme informado de lo que sucede con tus padres, deje mi número de teléfono y dirección en Polonia en ambas repisas de tu alcoba, espero no sea nada grave, y jamás dejes de ser mi Mackenzie", besarnos sin importarnos dónde hallarnos o quien encerrarnos, hasta que hicieron la última llamada a su vuelo, separarnos y decirle. "Hasta pronto Adam", darme un beso en la mejilla y subió a su avión, pero un segundo antes la puerta cerrarse giro a verme sonriendo, creo siempre saberlo, su sonrisa era la que llenarme de vida, pero cuando ya no verlo esa angustia insondable retornó a apoderarse de mí, y en aquel momento percibirlo. A las 9:50 pm tome mi vuelo a

Berlín con su perra Clare. Pasaron muchos meses para que mi padre recuperarse fueron muchas terapias y al final pudo caminar. Todos los días lloraba por Adam en silencio en mi cuarto, hasta una noche no pude más y contarle todo a mi madre. Sophia debes regresar inmediatamente y podemos buscar por internet su dirección, buscare un vuelo a Varsovia capital de Polonia. Su madre entregarle los tiquetes y ella quedarse con su hermoso cachorro. Mackenzie no hallo a Adam en su apartamento porque estaba en el trabajo, pero el vigilante avisarle una hermosa doncella pregunto por él y retornaría en la noche. Adam en su descanso fue a la joyería a comprar un par de anillos matrimonio. Ese día nevó mucho durante la noche, la joven iba caminando muy lentamente por cosas del destino Adam tomo la misma calle y al cruzar chocarse, Mackenzie caerse al verlo y su llanto era incontenible. Adam abrazarla y arrodillarse para proponerle que casarse con él. Claro que "Si "respondió

Mackenzie fueron cogidos de la mano a su apartamento. Jamás regreso la joven a Marsella y su perro acompañarlos en la aventura de su hermoso hogar, no tuvieron hijos pero su felicidad fue eterna.

FIN

AMIGO LECTOR:

Si a usted interesarle saber un poco más acerca del autor, puede dirigirse al siguiente correo:

marianxi54@hotmail.com

https://twitter.com/inusha544

marianxi54.tumblr.com

www.ingramcontent.com/pod-product-compliance
Ingram Content Group UK Ltd.
Pitfield, Milton Keynes, MK11 3LW, UK
UKHW020235250726
13967UKWH00001B/372

9 780244 498580